푸른사상 시선 178

골목 수집가

푸른사상 시선 178

골목 수집가

인쇄 · 2023년 5월 25일 | 발행 · 2023년 5월 30일

지은이 · 추필숙
펴낸이 · 한봉숙
펴낸곳 · 푸른사상사

주간 · 맹문재 | 편집 · 지순이, 김수란, 노현정 | 마케팅 · 한정규
등록 · 1999년 7월 8일 제2-2876호
주소 · 경기도 파주시 회동길 337-16(서패동 470-6) 푸른사상사
대표전화 · 031) 955-9111(2) | 팩시밀리 · 031) 955-9114
이메일 · prun21c@hanmail.net
홈페이지 · http://www.prun21c.com

ISBN 979-11-308-2051-4   03810
값 12,000원

• 경북문화재단에서 발간비 일부를 지원받았습니다.

푸른사상
시선

178

골목 수집가

추필숙 시집

푸른사상
PRUNSASANG

시(詩)의 어느 골목을 걷다가

걸음걸이는 말투처럼

쉬이 바뀌지 않는다는 걸 깨달았네.

이제야,

네 얘기를 내 얘기처럼 쓰게 되었네.

2023년 봄
추필숙

| 차례 |

■ 시인의 말

제1부 골목 위에서

제2부 골목 안에서

제3부 골목 곁에서

제4부 골목 밖에서

제1부

골목 위에서

주차 금지

가게 앞에 늙은 타이어 하나 자리를 잡고 앉았다

젊은 타이어 넷이 한꺼번에 굴러와도
꼼짝 못 하고 물러간다

경로 우대가
깍듯하다

과거형 간판

순호네 막걸리 옆집에
미영이네 꽈배기가 개업했다

문간방을 개조한 그 가게
맨 처음 '미영이네 구두' 간판으로 시작되었다
의상실 미용실 부동산 수선집으로 주인이 바뀔 때마다
가게 간판은
미영이네 의상실 미영이네 미용실 미영이네 부동산
미영이네 수선집이 되었다가
오늘부터는 미영이네 꽈배기

학연이나 지연처럼
간판으로 인연을 이어가는 곳
암 그렇고말고 이건 현재진행형이라
먼저 망해 간 주인들이 손님 되어
알뜰히 살뜰히 꽈배기를 챙기려는 것이다

미영이 없는 미영이네면 어떠랴

기름 튀고 설탕 묻은 꽈배기 냄새가 간판보다 더 간판인걸

이 골목에서 누구 하나라도 잘 돼야 하지 않겠냐며
건물주는 아니어도 한 가게에서 장사했으면 한 식구 아니
냐며
잘 꼬인 꽈배기를 나눠 물었다
손에 든 봉지가 비어간다

바로 직전 수선집 황 사장이 알바라도 시켜달라고 입을
뗀다
골목은 드디어 미래형이다

팥시루떡

먼 친척 아재뻘 되는 가게에서
삼십여 년 남들 개업 떡을 만들던 큰언니
그동안 모은 팥고물을 털어
친정 동네 시장 끄트머리에
떡하니 떡집을 차렸네
드디어 자신의 개업 떡을 하게 되었네
팥고물 흘린다고 꽤나 눈물 흘렸던 큰언니
팥가루 깔고 쌀가루 얹고
혼내는 사람 아무도 없는데
부들부들 손 떨며 켜켜이 찌고 있네
꿈처럼 잘 부푼 팥시루떡
한 김 식혀 큼직하게 잘라두고
팥시루떡 맛있는 떡집이라고
스티커 붙여 쟁반에 쌓아 올린다

자, 울 큰언니 떡집 개업 떡 나가신다

따끈따끈한 쟁반 들고

골목시장 안으로 쩌렁쩌렁 걸어간다
수많은 떡을 먹어봤겠지만
떡집 개업 떡이라니
팥고물 묻는 줄도 모르고
겹겹이 스며드는 시장 사람들

골목 수집가

오늘은 민무늬 골목에 다녀왔어요

골바람이
앙상한 몰골로 골목을 지나가네요
사족이 덕지덕지 붙었으나
끊어낼 수 없는 잔소리 같은 모습으로요
한때는 잡초를 사족이라 생각했어요
더러 쉼표처럼 싹을 틔운다고 반긴 적도 없지는 않았지요
오후엔 꼬리가 아홉이라는 가로등이
주인공으로 나올 막장 드라마가
이 골목을 배경으로 찍는다는 소문이 돌았어요
무명이 길어 공백을 견디기 힘들다는 바로 옆 골목은
내일 가보려고 해요
조금 전 모퉁이에서 만난 유모차 한 대
백미러도 없는데 자꾸 곁눈질하며 아직도 지나가요
빈 상가 앞에서
골목의 주인처럼 앉아 있던 고양이가
내게 다가와 생선 꼬리에 대해 캐물어요

신발가게 여자가 끄는 신발엔 자꾸 돌이 들어가나 봐요
한 발로 서서 다른 한 발을 탈탈 털어내네요

그러고 보니
민무늬도 무늬라는 걸
조금씩 옮겨 다니는 골목의 무늬라는 걸
골바람은 처음부터 알고 있었나 봐요

못

골목을 꽉 막은
트럭 한 대
바퀴와 담 사이에 낀 그는
못이 박혔다며
뾰족하게 통화를 하고 있었다
나를 보더니
백미러를 접고 몇 걸음 비켜서느라
전화기마저 놓친 듯했다

납작해진 내 등 뒤에서
그가 시동을 건다
울음에도 시동이 걸린 걸까
못처럼 박혀 있던 그가 길게 뽑혀 나가며
그의 울음은 내게로 옮겨온다

바퀴의 아픈 발바닥이 내 것인 것 같아

아직 골목에 남은,
그 울음을 나는 마저 다 울고 갈 참이다

잔뿌리

얽히고설킨 어느 귀퉁이에서
허기진 걸음이 휘적거릴 때
나는 두 발에 온 마음을 걸고 뿌리 뻗는 중이다
고수들은 잔뿌리를 잘 챙긴다
분갈이는 흙갈이여서
잔뿌리 잡고 있던 그 푸석한 흙을 놓치는 법 없다
구평에서 신평으로 땅 이름이 바뀌었어도
뒷골목은 늘 잔뿌리임에 틀림없다
큰길 쪽으로는 재개발로 치솟은 아파트가
바람 센 동네의 바람막이를 자처했다
바람을 피해 여기로 왔을 때
낯설지만 낯익은 벽화와
벽화를 그림자처럼 세워둔 화분을 보았다
다행히 벽화는 벽에 핀 꽃처럼 보였다

훗날, 캄캄한 어느 벽 앞에 서더라도
나는 지금처럼 잔뿌리 뻗으며 살고 싶다

동해 해물탕

늘 시장기가 돌던
구평의 등 굽은 골목에서
감포 해물탕을 끓이던 그이는
신평으로 옮겨 와 동해 해물탕을 끓여요
소금만 넣으면 간간한 바닷물이 될까마는
소금 재운 물로 맛을 내고
끓어 넘친 바다에서 건져 올린
껍데기 수두룩 쌓이면
바다를 모르는 골목에
조가비 늘어놓고 꽃나무를 키워요
해당화 꽃잎 해물탕 위에 두어 장 얹어
상에 내놓던 감포댁 그이는
대처에 온 지 삼십 년이 넘었지만
아직도 태풍이 동해를 스치는 날
잊지 않고 동쪽으로 향하는 귀
먹먹한 귀밑머리 쓸어 넘기며
꿈에서라도

청테이프 덕지덕지 붙은 고무장갑

탈탈 뒤집어 널어

태평양 해물탕 될 날을 기다려요

몽당골목

담 안에선 바람 든 자리 꿰매느라
재봉틀 바늘 소리 굵어지고
빗물은 알아서 양동이에 머물고
잠 설친 고양이는
문 앞에서 비키는 법 없다
멈춰 선 내 그림자를 본체만체하며
새우잠 자려던 오래된 골목
허리 펴는 법을 잊어버린 걸까
짤막해진 바짓단처럼
발목이 휑한 골목, 나는 마침내
내게 맞는 그림자를 갖고 싶었다

실컷 쓰거나 쓸고 난 후의
연필이나 빗자루처럼
나는 보폭이 짧은 몽당골목이 좋다

거의 다 왔다

눈이 침침해지고서야
오히려 가까운 데가 잘 보이는 것처럼
멀리 갔던 길이 이제야 눈앞에 와 있다

금은 어디로 가나

고양이 발톱에 긁힌 것처럼
여러 갈래의 금
어쩌면 금은 벽을 타며 노는 건지도 모른다
따라서 금은 틈이 아니다
겁먹을 틈 없는 생이라고 해두자
그러니 금 간 벽은 꿰매는 게 아니다
흉터가 아니라 문신이라고 해두자

한결같이 세로를 지향한다고 해서
방향을 타지 않는 건 아니다
나아간다고 해서 그어진다고 해서 비스듬하거나
구불구불하다고 해서 눈물처럼 번지는 건 아니다

금은 고양이처럼
벽의 울타리를 훌쩍
뛰어넘고 꽃대처럼 자라기도 하지만

가끔은

물줄기처럼 흘러내려

마침내 바닥에 스며들기도 한다

아주 뿌리를 내리기도 한다

담담 살롱

담담 살롱,
간단한 간판으로 보아
메뉴는 단조로울거라 생각했어
구옥을 고쳐 좌석 몇 개 놓고
카페라고 하기에도 멋쩍었나 봐

담담은 깊고 넓다는 말
그윽하고 평온하다는 뜻이래
담과 담으로 이어진 골목 안 어느 이웃집이거나
다음다음의 줄임말 또는
이야기 담, 이라는 한자어를 쓴 거라면
내 이야기와 네 이야기라는 거겠지

방앗간의 참새들
짹짹 주문한 살롱커피 앞에 놓고
간이 딱 맞는다며
골목 서사의 명맥을 잇는 담담한 오후
골목의 사랑니 같은

정 약국의 정 약사

꽃 도둑은 있어도 약 도둑은 없다는
정 약국의 정 약사
신비로7길, 길 낼 때부터 터 잡고 약을 팔았대

손님의 안위뿐만 아니라
가정사까지 조제하면서
틈틈이 노화에 관한 온갖 약도 쟁여두었대

그의 약장에선 귀 밝은 약들이
생몰연대에 따라 순서대로 앉아 있었고

다만 북향으로 놓인 화분의 안색에
심히 그늘이 많았다는 정 약사
어쩌다 볕 도둑 되고 말았대

그래도 골목은
잘 익은 사투리처럼 늘 안녕했다고 해

방앗간과 우체통

노을방앗간 미닫이 대문 앞에
우체통이 서 있다
사람들은 고춧가루와 우체통이 동색이라
제법 잘 어울린다고 했다
그때부터였을까 금고라도 되는 듯
우체통을 애지중지하게 된 것이
매운 빨강이지만
맵지 않은 고춧가루를 빻다가 그녀는
자주 밖으로 나와
하늘을 올려다보았다
방아 기계를 닦다가
뛰쳐나와 우체통의 머리를 쓰다듬기도 했다
우체통이 꼬리 흔드는 것도 아닌데
그녀는 우체통을 안아주기도 했다
한때 백 평이 넘던 방앗간엔
온갖 곡식이 넘쳤지만
지금은 안팎을 다 합쳐도 겨우 열 평
이마저 철거 대상이다

그녀에게는

빈 방아 기계나 빈 우체통이나 빈 하늘이

다 붉고 매운 저녁이다

어떤 옵션

골목 안으로 깊숙이 들어갔다

으쓱할수록 방값이 싼 줄 알고

당당하게 월세를 깎아달라고 했다

주인이 손끝으로 가로등을 가리킨다

으스스하다니, 내 속내를 눈치챈 주인이

저건 옵션이야 대신 방값은 무조건 삼십삼만

기분 탓인지 약간 삐딱해 보이는

가로등을 사이에 두고

북향이면 어떠냐고

밤낮으로 훤하기만 하다는 주인의 눈길을 피해

방 대신 가로등만 살피고 있으려니

쓰레기 버리지 마시라는 경고와

접시꽃이 내놓은 흰 접시 분홍 접시가 수북하다

주인은 내가 원한다면

저 접시도 옵션으로 주겠다고 했다

옵션은 많을수록 좋지만

골목 끝 집임을 들먹이며 끝에 붙은 삼만을 떼달라고

했더니

주인은 무슨 소리냐고
돌아서면 여기가 첫 집이라고 했다
마침 가로등이 불을 켠다

매일 불 켜진 집으로 돌아올 수 있겠다

열린 결말

막다른 골목
고양이 한 마리 만났네
골목 너머에서 넘어온 것인지
이제 막 막힌 골목을 넘어가려던 것인지
순식간에 내 앞에서 보란 듯이 사라졌네

빈 상가 앞에서
임대 문의를 기다리던 그 고양이였다
어쩌면 내가 본 것은 꼬리가 전부인지도 모른다
느슨한 담벼락에 낮달맞이 수두룩 핀 낮일수록
고양이처럼 오래 고립을 견딘 것들은
방울 소리마저 버퍼링 중이다
결말도 없이 꺾어지기만 하는 골목
한참을 서 있다가
나는 뒤돌아섰다
고양이는 나타나지 않았다
바로 그때 열린 골목이 내 눈에 들어왔다

오래된 골목은 앞이나 뒤나 그 방향에 대해서 까다롭게
구는 법이 없다

뒤에서 누군가 골목을 닫는 소리 들린다

소문났어, 소파

　그 골목엔 소문난 미장원이 있지 소문의 끝엔 파다한 소
파가 있지 방석이 최고였던 할매들은 이제 바닥이 싫어 발
바닥도 아프고 무릎도 아파 미장원에 덥절덥절 소파가 들어
오고 할매들은 번갈아가며 번호표 없이도 사이좋게 뽀글뽀
글 앉아 구름처럼 가벼워졌네 무성한 소문들이 밥때를 놓칠
만큼 동네를 휘젓다가 제 발로 와선 잘강잘강 가위에 잘려
나갔지 아직도 미련이 남은 소문들이 폭삭폭삭 소파를 깔아
뭉개고 있지

새벽을 걷다

골목에 내 발을 풀어놓는다

안개가 돌아오고 있다

신발코에 매달린 소실점을 향해
새우등을 펴는 고양이
머리 밑이 가려우면 흰머리 난다는
할매들이 널어둔 머릿수건
수북이 이슬 퍼담는 하얀 접시꽃
녹슨 녹색 대문
헌 낙서와 새 낙서를 구별하지 않는
담과 담 사이를
큰 걸음 작은 걸음 불협화음이면 어때
악보 없는 길에서
주관식의 즉흥 연주처럼
예습 없이도 줏대 있게 나서는 나의 발

나는 아침 마중 중이다

오늘은 민무늬 골목에 다녀왔어요 골바람이 앙상한 물골로 골목을
이 탁지더지 불었으나 끊어낼 수 없는 잔소리 같은 모습으로요

제2부

골목 안에서

골목은 내일 가보려고 해요 조금 전 고양이가 내게 다가와 골북은 바로 옆 공북다는 바로 옆 공북은 내일 가보려고 해요 빈 상가 앞에서 골목의 주인처럼 앉아 있던 고양이가 내게 다가와

골목을 배경으로 찌는다는 소문이 돌았어요 무명이 길어 콩배을 건드기 힘들다는 자꾸 겹눈질하며 아직도 지나가요 빈 상가 앞에서
유모차 한 대 빼비리도 없는데 자꾸 겹눈질하며 아직도 지나가요

배꼽

골밀도 검사를 했다
내가 반듯하고 겸허하게 눕자
간호사는 배꼽이 어딨느냐고 물었다
네?
간호사는 내 반응을 짐작하고 있었는지
낮고 짧게
배꼽을 짚어보라고 했다
순간 나는 최면에 걸린 것처럼
두 검지를 최대한 정중하게
배꼽에 올려놓았다
공중에 있던 기계가
스르륵 움직여 내 손가락 위에서 멈추었다
나는 배꼽과 골밀도의 상관관계를 모른다
그저 빈약한 내 뼈가 배꼽에 어떤 영향을 끼치는지
곰곰이 짐작할 뿐이다

배꼽 빠지게 웃을 때 말고
내가 언제 내 배꼽의 쓸모를 알았겠나

무릎 소리

얼마 전부터 무릎이 소리를 내네

우두두둑 우두둑 우둑

빗발치는 소리
혹부리 영감 개암 깨무는 소리
새 바짓단 실밥 뜯는 소리
휜 나뭇가지 부러지는 소리

발소리는 숨길 수 있어도
무릎 소리는 묵음을 용납하지 않아

침묵을 못 견디는 사람 있다는데
나는 무릎에도 목청이 있는 사람이네

세탁기

시작 버튼을 누르면
덜컹 덜커덩
알아들었다고 추임새를 넣은 후
물줄기를 당긴다, 쇄아
너의 말은 수화, 물의 대화라서
종료되었다는 말을 자주 놓치고 나는
아주 너를 잊은 적도 있다

오늘은 네 말을 끝까지 들으려고
곁에 앉아본다
덜컹 어쩌면 덜컥, 설 전날
처음으로 혼자 탔던 열 살의 기차처럼
너는 천천히 출발하고
곧 왜관을 지나 금호강을 끼고 달리겠지
남천이 끼어들겠지만 나는 너를 믿어, 그쯤

너는 수화를 멈춘다
아무도 마중 나오지 않은 경산역에
그날의 내가 도착했다

일일천하

나는 어제의 그 형광등이 아니다

한 일이라곤
켜지거나 꺼지거나
딱 잘라서 맺고 끊는 일뿐이었는데
오늘부터 이 둘 사이에 틈을 벌리면서
뒤늦게 오락가락하는 재미를 알게 된 것
직진뿐이던 삶에서 우왕좌왕
우회전 좌회전이 생긴 것
깜빡이를 켜고
속도 줄이라고 신호를 보내는 것
주유된 빛이 다 닳도록 마저 달리는 것
보는 사람들도 덩달아 깜빡깜빡 박자를 탄다

나의 하루 천하, 아니 반나절 천하가 끝나간다

초침

따박 따박 말대꾸는 늘 초침이 담당하였다
헛짓거리인 줄 모르는 걸까
밤낮없이 같은 말만 한다
이제 없는 입이 다 아프다고 엄살까지 떤다
어쩌다 초침은 입을 다물 수 없게 되었을까
그 나물에 그 밥이라고 투정이라도 했을까
그러기엔 형량이 너무 센 거 아닌가

건전지를 갈자마자,

초침은 곧바로 초심으로 돌아왔다
시간이 일러준 대로
한 치 앞을 보라고
다시 우리에게 말을 걸기 시작했다

유리주의

가까이 오지 마라
유리주의란
도대체 어떤 이념이기에 붉은 가위표까지 그려놓았을까
불순한 생각에 주뼛거리며 뒷걸음질 친다

그러나 늦었다
이미 한 발 들여놓고 말았다
유리에 비친 나는
내 몸 어디에 붉게 가위표 해야 할까

오래전 장거리 연애 때
시외버스 차창에 불던 입김이 떠올랐다
나는 입김을 불고 주먹으로 발자국 모양 서명을 했다
오늘부터 나는 유리주의자다

유리 속에 다녀간
수많은 눈동자가 유리주의를 표명하는 동안
투명이든 불투명이든
나는 내 눈을 주의해야 한다

제자리 걷기

외출을 자제하라는 문자가 왔다

건강염려증에 시달리는 오후
매트를 깔고 유튜브를 켠다
조카가 보내준 링크를 타고 구독 중인 채널에선
언제나 활기찬 유튜버가
나를 향해 씩씩하게 걸어온다
나는 주로 3km와 5km를 오가며 걷는다
팔꿈치와 발뒤꿈치에 힘이 들어간다

화면을 사이에 두고
유튜버와 나는
몇 시간째 제자리 걷기 중이다

텔레비전과 거리 두기 하는 오후
코로나19는
세 번째 봄을 맞아서도
여전히 문자를 보내온다

이름이 뭐였더라

꽃씨를 받은 적 있다
잊고 지냈던 그 납작한 선물은
책 속에서 발견되었다

까맣게 속이 타들어갔을 씨앗처럼
봉투도 사색이 되어 있었다

분리수거하려던 장화에
물구멍을 뚫고
꽃집에서 사 온 봉지 흙을 쏟아부었다

꽃 이름이 뭐였더라,
창가 식탁 위에
장화 화분 한 켤레

고무신이나 운동화에
무얼 심었다는 얘기는 종종 들려왔지만

이렇게 밥상 위에 올라온 신발이 또 있을까

흙 묻은 신발에서
흙 품은 신발이 되는 순간
누구든 어른이 되는 걸까

그런데
그의 이름이 뭐였더라,

젖은 우산

울음을 그치고
기꺼이 잡았던 손 놓는다

창밖엔 아직 거처로 돌아가지 못한 우산들
먹색의 구름처럼 둥둥 떠다니고

젖은 채로 웅크려 있으면
누구라도 가슴에 녹이 슨다

그녀는 되감기 하는 버릇대로
오도카니 베란다 바닥을 짚고
비에 젖은 주앙 지우베르투의 목소리를 잠시 듣거나
비에 젖지 않은 헤밍웨이의 바다를 떠올리며
흉터 없이 빗물이 잘 아물기를 바랄 뿐

마침내 우산을 접으니,
비가 선다

등굽잇길

새 구두 신고 그는 집을 나갔지
그때부터 나는 바닥만 보며 살았어

어느 날은 내게 발이 있는지도 몰랐어

가끔 낯선 발소리가
여기 등굽잇길까지 올라왔다는데
예서 살아봐라 뭐든 안 굽을 재간 있나
굽이굽이 내려다보니
발도 등이 굽더라

말이 새 구두지 얼굴도 가물가물한걸
그래, 돌아오겠지
아무리 봐도
뒤로 걷는 사람들만 다문다문 지나가는
반쯤 비켜선 대문 앞

발목 긴 그림자 하나 언뜻 다녀간다

개나리 벽화

꼼짝없이 샛노란 꽃이 피었습니다

그림 위로 벌과 볕과 비바람이 찾아옵니다

이곳에 살던 개나리를 생각합니다

모과나무

아버지는 모과나무와 약속을 했다

한 자 한 자 짚어가며 꽃 피울 것
이 가지 저 가지에 꾹꾹 찍어둔
막도장 같은 모과가 열리면
맛에 대해서는 아무 잔소리도 하지 말 것
모든 가장자리가 가장의 자리인 줄 알고
서로 안색을 살필 것

울퉁불퉁 근육통을 앓는 아버지의 모과
혹여 풋모과가 쿵, 그저 나동그라져
그대로 폭삭 썩더라도
모과는 모과라서
스스로 쪼개지진 않는다고
무용한 줄 알았으나 그저 무모했을 뿐이라고

약속처럼
떨어진 모과가 군말 없이 데워지고 있다

싸리비

섬잔대 꽃종 치는 바람처럼
흩어지는 흙먼지에도 결이 있단다
애야, 모든 길에는 결이 있단다
자꾸만 비껴가는 마음이 있단다
땅에 그어진 수많은 싸리 빗금
주름진 결 위의 발자국 따라
삶의 가까운 기억부터 쓸어내는 아버지
한때 꼬장꼬장했던 싸리비
싸륵싸륵 새벽노을의 긴 꼬리를 피해
뒤로 물러서며 비질을 한다
선뜻 나아가지 못하고 걸리는 돌부리처럼
애야, 마당을 쓸다 보면 바닥에도 옹이가 있단다
멈추고 달래가며 마음을 모으다 보면
옹이가 마당의 마음이란 걸
싸리비에도 손바닥에도
옹이가 있다는 걸 알게 될 때 있단다

어느 결에

옹이마저 아버지의 얼굴로 옮겨와

그래요, 아버지
두 손으로 잡던 싸리비
새벽 뒤에 가만히 세워두곤 하던

벚 단풍 감 단풍

마당엔 대문 양옆으로 벚나무와 감나무가 있었죠
나는 여태 벚나무는 봄나무 감나무는 가을 나무
이렇게 알고 있었어요

봄엔 벚꽃 가을엔 단감
이런 단순 기억은 도대체 어디서부터 시작된 걸까요

올해부터 농사를 접은 노모는
가을이 가을 같지 않다며
감이나 따자고 내게 장대를 내밀었어요
이것도 추수라면 추수지
노모가 대문간을 향해 눈짓을 했어요
그때 나는 타오르는 깃털을 들킨
커다란 두 나무를 보고 말았어요

감이 일찍 익으면 첫눈이 빨리 온다는
노모의 재촉에도
내 눈엔, 감이 아니라 감 단풍

봄까지는 쳐다볼 생각도 없던 벚 단풍만 보였어요

어쩌면 저 두 나무는
처음부터 열매가 아니라
단풍을 추수하고 싶었던 걸까요

열무 꽃밭

대문 틈으로 노모가 보인다

난간에 기댄 노모의 시선을 거쳐 내 눈에 든 건 열무였다

꽃대 올라오면 나눠 먹을 수도 없잖여

나는 까치발을 들고 마당인지 밭인지 헷갈리는 담장 밑으로 갔다

노모의 손가락이 가리킨 곳엔
흰 보라 인주 묻힌 꽃잎 도장이 여럿 찍혀 있었다
눈치 빠른 비가 설 듯 말 듯 오고
청개구리 한 마리 보초로 앉아 있다

열무는 이제야 열무로 살게 되었다

열무가 꽃까지 피워 잡아둔 봄날이었다

제3부

골목 곁에서

봉숭아 물들이기

마루에 신문지 깔고
봉숭아 물들이기 키트를 꺼냈어

할매들이 내민
손톱, 낮달이 오래 떠 있었지

이제 해 뜰 때가 되었어

봉숭아 빛 열 개의 해가 십오 분이면 뜨지

우리 동네 F4를 소개합니다

꽃무늬 스웨터를 걸친 돌멩이라고 하면
너무 슬프잖아 그냥 스웨터를 걸친 펭귄이라고 해줘
아냐 꼬투리 속의 콩이라고 해줘
이건 어때,
뒤축이 없는 신발을 타고 스르르 미끄러져 오는
반소매는 입어도 반바지는 안 입는 달팽이
그래 좋아,
우리 동네 꽃보다 달팽이 넷

날마다
아침 먹자마자 달려 나와,
달팽이가 빠르면 얼마나 빠르겠니
만나자마자 점심을 먹어

가끔 햇살 아까운 날은
골목에 나가 새끼발가락 맞대고 그림자를 이어 붙이며
쪼로니 앉아 있기도 해

모름지기 골목은
돋보기 없이도
옷에 묻은 밥풀까지 들여다보는 곳이라서
앉은 채 숟가락으로 감자를 깎기도 하고
틀니를 잊고 옥수수를 베어 물어
그러다 왕년으로 넘어가기도 하지

그래서 우리가 누구냐면
"우리는 F4 달팽이들—이에요."

햇살 놀이

화색이 도는 할매들
꽃무늬 옷의 꽃은 다 다르다
화색은 화분에서 벽으로
벽에서 맨 햇살로 옮겨간다

할매들, 햇살이 보여?
그럼, 이 난분분한 게 다 뭐겠냐

그렇다 이건 햇살 놀이
골목에서 제일 오지게 따스운 곳에서
어슬렁 놀이의 다른 이름
미숙 영숙 필숙 은희
숙이 셋 희야 하나
담벼락에 벽화처럼 기대어
햇살에도 농담(濃淡)이 있다고
농담(弄談)처럼 누구라도 올 것 같은 날
골목에 아무도 없으면 되겠냐고
골목 채우러 나와봤다는 할매들

발등에 햇살 업고 쪼로니 나와앉은 할매들
신발에는 끈이 없다

백발의 뽀글뽀글 햇살 아래
끈 떨어진 신발들이
설렁설렁 밥때 되었다며 일어선다

봄맞이는 이만하면 되었다

꽃보다 할매

우리 동네 F4 할매들
올해 몇이냐고 묻는 사람들에게
나잇값을 귀띔해준다

비밀이야,
우리 넷 다 더하면
삼백 살 겨우 넘었고
사백 살은 한참 남았어

어때 보기보다 어리지?

초겨울과 한겨울은
아주 다르다는
우리 동네 F4 할매들

외상

된장찌개 끓이다가 밭으로 달려간다

우리 밭까진 멀고
첫 밭머리에 덕순이 엄마 있길래

―이거 한 개 그어놔

말만 던지고는 냉큼
애호박 하나 따 들고 돌아선다

오늘 늦잠 잔 거
온 동네 밭에 소문내고 왔다

오버핏

느슨한 발이
큰 신발을
가뿐히 끌고 다닌다

허리춤은 두 번이나 접어 올려
스웨터 밑으로 감쪽같이 가두어봐도
아직 헐렁한 고무줄 바지

들숨보다 날숨이 많아
살아온 날이 살아갈 날보다 많아
뭘 입어도 오버핏

바지도 신발도
조금씩 속을 비워
이젠 속없이도 사는 중이다

꽃무늬 한 벌

깊고 깊은 그녀의 골목에
방금 구급차 다녀갔다

민낯에 맨발이어도
상의 하의는 온통 꽃무늬
그야말로 꽃 한 벌 두르고
동백처럼 뒤도 안 돌아보고 가버렸다

골목이 목을 빼고 뒤따라간다
골목이 조금 삐뚤어졌다

파꽃

골목에 내놓은 고무대야에 파꽃이 피었다
양파나 마늘만큼 맵지는 않지만
다가가면 제법 매운 흉내를 낸다

파에서
파생한 것들
어쩌면 파를 심은 사람이
파를 잊은 건 아닌지
파의 한 생이 저 혼자 흔들리고 있다

제풀에 핀 건 아니더라도
밑도 끝도 없이 핀 건 아니더라도
모든 시작은 저 안에 있을 것이다

대쪽같이 살다 스스로 속을 비우더니
제대로 멈춘 저 꽃을 보라

단골 골목

바람 쐬러 나왔지
햇볕 쐬러 나왔지

큰 수술 하고 며칠 전 퇴원한 한 할머니와
며칠 후 딸 집에 살러 간다는 한 할머니가
골목에 납시었다

칠십여 년 단골 골목에서
그저 서로의 손등 위에 손등을 얹기만 하며
한참을 서 있었다

포개진 손등이 넓적한 돌 같기도 했다
감출 것도 담을 것도 없는 빈 돌

번갈아 손등 탑을 쌓으며
얼굴은 안 보고 찬찬히 손등만 본다
그 위에 마음을 얹어두려는 두 단골손님

섭섭한 골목이 괜히 지나가는 낮달을 불러 세운다

무더위

골목에 물벼락이 떨어진다
지나가던 더위는
뭘 잘못했는지도 모르고
물을 덮어쓴다

종근할매 빈 대접 들고 뒤돌아선다

물벼락인 줄 알았는데
더위에 바친 물 한 대접이었다

목을 축인 무더위가
무(無)더위 될 리 없지만
그래도 아주 잠깐
눈빛이 순순하다

해피 엔딩

햇살과 노닥거릴 줄 아는 눈사람들
기대지도 못할 탱자나무 울을 걷고 담을 세우더니
가로본능이 새로 유행이라며
가로로 긴 그 담 앞에서
세상의 표정이란 표정은 하나도 놓치지 않고 다 가진 얼
굴로
맞은편 담에 상영되는 그림자 영화를 본다

어룽어룽 햇살로 쓰인 엔딩 크레딧이 올라갈 때쯤

꽃샘바람에 떠밀린
눈사람들 벌써, 집으로 돌아가 눕는다

골목 벽화

낙서를 모두 지우고 있다

낙서하던 아이들이
무사히 낙서 밖으로 모두 떠났으므로

지난 시간을 덮고
덧칠로 마감한 미래의 벽 앞에서
명도는 햇볕에 맡기고
새삼 어른이 된 화가는 채도에 집중한다

먹칠은 하지 말어, 구순 넘은 빨간 대문집 할매가
까무룩 벽화 속에서
졸고 있다

등을 기대고

바다가 그려진 담벼락에
등을 기대고
중얼중얼 혼잣말이 늘어
혼자 있기 싫다는 종근할매

한때 짠돌이 소금이었다지만
그 많던 소금 다 어쩌고
물에 빠진 소금쟁이 신세 되었을까

오늘은 골목 담벼락에
등을 기대고
겉도 말리고 속도 말려보는데
물결처럼 출렁출렁
마음은 바다 저 멀리 파도를 타네

목격자를 찾습니다

이걸 야반도주라고 해야 하나,

종근할매 집 마당에 모인 사람들이 밤새 쏟아낸 말
그 말들은 병원까지 따라가지 못했다
잘라 붙인 파스 쪼가리
뜯다 만 약봉지
도마뱀 꼬리처럼 남겨두고
급히 살러 간 노구는 굳게 입을 다물었다고 한다
다만 목격자의 입술이 부어올랐다는
소문만 되돌아왔다

골목 안 삼거리
종근할매 집 앞에 나와 있던 침묵이
청소차에 실려 나가는 이른 새벽
누군가 입을 열었다

나팔꽃이었다

옷이란 무엇인가

장례식에 모인 친지들은 저마다 조언을 아끼지 않았다

고인의 옷은 원래 태우는 거다 물려 입을 생각 말고 시대
에 맞게 수거함에 넣어라 그중 한 벌은 남겨두거라

아무리 사람 행세하는 옷이 있다지만 서로 옷 한 벌 나눈
적 없는 사이지만 훗날 자신들의 옷이 어찌 생을 마칠지 골
몰한 후에야 엄마의 옷을 향한 형식적인 조문이 끝났다

수의에 대해서는 한마디도 하지 않았다

정지된 화면

밤 열한 시 오십구 분 같은

골목 안 맨 끝 집

두꺼비집은 누가 내렸을까

액자며 달력이며 시계는

아직도 벽에 매달려 있다

안방의 안쪽 벽에

그러니까 완벽히 안방의 영역에 속했었는데

혼자 남은 그녀가

안방의 바깥 즉 마루 벽으로

모두 옮겼다고 했다

글은 몰라도

얼굴과 날짜와 시간은 찰떡같이 알아봤던

그녀의 액자 속 가족들은 나이를 먹지 않고

달력 뒷장을 들춰본 마음만은

생몰연대처럼 시계 속 숫자로 남겨두었다

마루로 나온 그녀의 가족들

그들을 데리고 마당을 나선 그녀

벽 안에서도 벽 밖에서도 온통 벽뿐인 그녀의 벽

지금은 누구도 읽을 수 없는,

정지된 화면 속에서 그 벽이 기울고 있다

그늘이 잔뜩 내려앉은 잿빛도 빛이었다

제4부

골목 밖에서

나는 바람개비입니다

나는 바람 앞에서만 꼬리를 흔듭니다

가끔은 전속력으로 달려가
와락 안기기도 합니다

그러나 바람에 매달리지는 않습니다

대소쿠리

눈물 같은 건 어울리지 않아
언제나 물기를 걷어내거나 걸러내는 데
온 생을 걸었으니까
대 살 하나 빠졌을 뿐
이 빠진 꿈이 길몽이 아니라는 거 나도 알아
그래도 올이 풀린 건 아니잖아
빈틈 많은 게 내 덕목이려니
오지랖이 넘쳤을 뿐
촘촘하던 시절은 누구에게나 있었잖아
맘 놓고 휘파람 드나들던 시절엔
답답하고 속 터질 일은 없을 거라 믿었으니까
사람의 말은 담아두지 않았으니까

고흥에 나물 1번지가 있다는
풍문, 귀에 박히는
이른 봄날

작약

그의 작업실에 갔다가
붓 씻는 물통에 꽂힌 작약 한 다발을 보았어요

지인이 안고 왔다는데 하루 만에 이렇게 피었다는데
나는 이런 커다란 붓은 처음 보았어요

확확, 홧홧, 이런 짧은 발음은 어울리지 않았어요
화알짜악, 화들짜악, 피었어요
휘황찬란한 것도 모자라 화려무비하게 피었어요

대작을 그리기엔 안성맞춤이라고
꽃을 옮긴다는 게 사람의 마음을 옮기는 것과 같아서
나는 그의 지인이 꽃처럼 환할 거라 생각했어요

8월, 올레길

더위는 새벽부터 무섭게 달려오고 있었다

길 나선 지 오 분도 지나지 않아
길은 주어와 서술어가 생략된
이상한 문장처럼 늘어지기 시작했다

바다를 생각하며
바다가 없는 곳을 걸었다
더위를 타던 생각이 더위를 먹는 지경에 이르렀다
밭담을 넘던 호박잎도 등이 따가운지
잔털만 잔뜩 일으킨 채 폭삭 엎드려 있다
땡볕에 힘입어 무럭무럭 자란 돌이
간신히 길을 비켜준다

세상에나, 움직이는 건
배낭을 산소통처럼 메고
그 위에 한여름까지 짊어진 나뿐이다

이쯤이면 이건 중독이다
매일 사표를 들고 다니는 것처럼

뒤꿈치에 매달린 그림자가 한 뼘도 되지 않는다
나는 완전한 불덩어리가 되었다
놀란 새 한 마리 나뭇잎을 흔들어
바닷바람이 어디쯤 와 있는지 간신히 알려준다

11월, 해파랑길

호미곶이었나,
해파랑길 한 코스를 걸었다

꽉 묶인 모자가
온몸을 대신하여 덜덜 떨었던가
간판도 없이 믹스커피와 어묵을 파는
어느 가겟집 마당에는
고추 말리듯 펼쳐놓은 멸치 위로
소금꽃이 피고 있었다
지금까지 내륙을 떠나본 적 없는
나의 바닷가 풍경이 싸라기처럼 흩날렸다

해안선을 따라
바다를 왼쪽에 두고 걷는 길
지도에서 보면 동해를 따라 남하하는 경로다
고개를 돌려 파도를 본다
파도는 늘 가로로 세팅되어 있다
나의 어제처럼 앞뒤밖에 볼 줄 모른다

엎어지고 포개지고 다시 물러나고 흩어진다

오른쪽엔 어린 해송들이
서로 목을 빼고 바닷바람을 쐬고 있다
어리숙해 보였으나
가지 끝에 매달린 연초록은 철없이 싱그러워
나보다 발 빠르게 바다에 닿을지도 모른다
어쩌면 이미 다른 길에서
나를 만난 적이 있을지도 모른다

11월, 해안 길을 걷다가
해안이 왜 바다 안이 아니라
바다 밖인지 내내 궁금하였다

추자도의 수레국화

푸른 꽃이었다
풋꽃, 아니 풋별이었다
하필 뭍에서 함께 온 일행들과 떨어져
나는 낙오 중이었다

지구의 어느 섬에 일가를 이루고
잘 산다는 별똥별 얘기가 떠올랐다

여기서 푸르게 살고 싶다
추계 추가인 내가 추자도에 산다 하더라도
이상할 건 없지만

나는 푸르지 않아서
떨어지지 않는 발 끌고 앞선 이들을 쫓아갔다

뒤처질 때마다 길에서 노 젓는 느낌이 들었다
낮에 핀 별들이 등 뒤에서 파도치기 시작했다

섬에 발목 잡힐까 봐
절대로 경로를 이탈하지 않는다는 섬에서
별을 놓친 일행들은 앞만 보려고 했다

파도가 더 세지고 있다
초여름 대낮이라는 것이 믿기지 않았다

십리대밭

그이를 만나러 울산에 갔어요
아침잠 많은 내가 새벽 첫 시외버스를 타고
출발해요 문자를 넣었어요
태화 로터리에서 내리라는 답이 왔어요
종점까지 가면 안 된다며
며칠 전부터 몇 번이나 들은
그 말을 안전벨트처럼 붙들어 매고
태화라는 말을 놓치지 않으려고
일찌감치 귀를 활짝 당겨 앉았어요

그이는 내가 내린 버스 앞에 와 있었어요
나보다 더 일찍 집을 나서서
오 리는 거뜬히 될 곳에 초보 주차를 해두고
여기까지 걸어온 것이었어요
정류소를 빠져나오며
그이는 자기 집 마당을 소개하듯 차분히 말했어요

저기야, 십리대밭!

버스에서 얼핏 본 대나무들이
십 리나 되는 길을 열어주었어요
열매 하나 없는 대밭에서 참새들은
무슨 앙큼한 모의를 하다 들킨 것처럼
화다닥 달아나고 있었고요
대밭에선 속엣말을 모두 하게 된다는 얘기가 있지요
덕분에 빈말만 남았네요 이제
태화강 따라 장생포 고래도 보러 갈까요

그나저나 그곳 주차장도 사방 십 리는 되어야 할 텐데요

가파도

납작한 섬이었다
가파리를 닮았다고 하였다
가파리는 가오리다
앗싸―가오리
바로 그 가오리 섬이다
모슬포항과 하모해수욕장 사이
운진항을 거쳐
관객들이 입장하였다

섬의 나이테를 따라 걷다가
기억에 남는 작품을 만났다
내 눈엔 뾰족한 돌 또는 삘쭘한 바위, 였으나
팻말에 쓰인 제목은 너무도 은유적이었다
아니 서정적이었다
힘들 땐 쉬어가도 괜찮아, 였다

중학교 2학년인 관객3은
잠시 부들부들 편히 쉬기도 하였다

앗싸―가오리!

그녀라는 꽃말

끈으로 두어 바퀴 둘둘 감은
산국 감국 구절초 공작초 쑥부쟁이
한 다발, 그녀의 가을이 내게 건너온다

어느 산간 지방에 첫서리 내린다고
떠들썩했던 그날
국화가 맺혔다고
문득 내 생각이 났다고,

잎 지고 꽃진 계절에도 부를 수 있게
돌멩이나 나뭇조각에 이름 적어둔다며
대국보다는 소국이 좋다며
소국처럼 작게 말하는
꽃 이름을 알면
꽃말도 알게 된다며 불쑥 내민,

꽃에서 사람 냄새가 났다
군데군데 비었을 그녀의 꽃밭을 생각했다

수양벚꽃

금오산 아래, 올라갈 때 남겨둔
금오지 둘레길 반바퀴를 마저 돌고
그 아래 금오천 벚꽃길로 들어서요

왕벚나무는 해마다 누구에게
저 커다란 꽃다발을 바치는 걸까요
나는 꽃다발이 향하는 곳을 올려다보며
물길과 꽃길 사이 고분고분
기와를 얹은 도서관 쪽으로 걷다가
왕벚꽃들 사이 내게 손 내미는 꽃을 만났어요

언제나 새 얼굴이 좋은 건 아니지만
아래로 아래로 피는 수양벚꽃 앞에서
어디까지 내려갈 건지 물어보았어요

벚나무는 까맸다

분홍이거나
분홍이었다고만 생각했던
그 나무는
온통 까맸어

사계절 내내 새까맸어

나무 삽니다

시집 머리말에 라일락 얘기를 써놓은
Y 시인에게 전화했더랬죠
나도 라일락 시를 쓴 적 있었거든요

개 삽니다, 솜이불 삽니다, 고물 삽니다,
하다 하다 나무 삽니다, 라는 말에
Y 시인의 라일락 나무는
Y 시인도 모르게 사라졌다네요
나물도 아니고
나무를 캐는 일, 장정 여럿이
그늘이며 벌레며 새들까지 덤으로 챙겨갔다네요
그 밑동에 오줌 누던 메리는
대문 나서는 나무를 향해
컹컹 말리기는커녕 조금 까불기도 했다네요
정작 용달 태워 대처로 보낸 Y 시인의 노모는
이제 술래 그만하고 까치발도 내려놓으라고
조그맣게 말했다네요

좋은 데로 갔어, 다음은 내 차례야

Y 시인의 노모가 나무처럼 그 자리에 서 있었다네요

머리말은 머릿돌

그 집에 누가 살고 있는지 모두 훤히 알게 되었어요

씨앗

너를 묻고
햇살 옆에 쪼그리고 앉아
삶이 어떻게 피어나는지 바라본다
맵지도 않은데 눈물 난다
허깨비 같은 봄도
점점 키가 자라 오르고
헛헛한 가슴에
톱밥처럼 헉
숨이 막히게 얹히면서
너는 부화한다
땅의 껍질을 쪼아댄다

언젠가 바람의 갈피에 끼워놓았던
연초록의 제비 소리
어서 돌아와,

그렇게
다시
태어나는 중이다

돌양지꽃

내려꽂히는
빛의 화살촉에 맞아
축 늘어진
돌양지꽃
숨죽인 대낮에 기대어
가물가물 정신을 놓고 있다
양지만 좋아하다가
정신을 놓치는 일이
어찌 양지꽃뿐이랴

늦 꽃

할매 산소 가는 길
쑥부쟁이 가느다란 꽃대는
끄트머리에서 끝내 또 가늘게 갈라져
그중 맨 위에 꽃 하나 얹어두었네요

한 몸 추스르기가 이런 거지요
발이 점점 부르트고 있어요
이른 꽃 지고 늦 꽃마저 지려는데
삶은 언제나 끝에서 시작한다고 누가 그러던가요

올려다본 하늘 한 페이지가 넘어가고 있네요
첫눈 오신 날 가신 할매, 그때처럼요

골목에서 골목으로 길을 열다

이병국

골목의 서사

추필숙 시인의 『골목 수집가』를 관통하는 이미지는 분명하고 시집의 마지막 장에 이른 독자의 지점은 명확하다. 마주한 골목은 정감이 어려 있으며 그곳에서의 삶은 가난할지언정 비루하지 않다. 또한 골목 위의 존재는 연대의 가능성으로 충만하고 골목 곁을 지키는 마음은 따뜻하다. 물론 골목 안의 '나'는 조금은 위태로울지라도 골목을 살아간 시간만큼 골목 밖에서도 새로운 삶을 추인하는 강한 의지를 지닌다. 그런 점에서 골목은 우리가 가 닿을 수밖에 없는 존재의 자리이자 시가 현존하는 장소인지도 모를 일이다.

시집에 담긴 시편을 읽기 전에 골목에 관한 이야기를 좀 더 해보려고 한다. 골목을 상상하는 우리는 추필숙 시인이 형상화한 바에 어떠한 의문도 제기할 수 없다. 예컨대, 「주차 금지」에서 드러나듯 "늙은 타이어 하나" 앞에서 "젊은 타이어 넷"이

"꼼짝 못 하고 물러간다"는 표현이 구현하는 아이러니한 유쾌함처럼 시간과 공간의 층위를 장소의 정동으로 전환하여 골목이 지닌 내밀한 삶의 어떤 양태를 독자로 하여금 상상하게끔 한다. 이는 우리가 경험한 삶의 과정에서 골목이 환기하는 기억과 그로부터 야기되는 보편적 정서를 공유하기 때문이다. 도시화가 이루어지는 과정에서 의도적으로 구획된 공간이 주는 삭막함과는 달리 골목은 이웃들이 옹기종기 모여 살아가는, 일종의 어우러짐이라는 공동체적 가치를 실현한다. (물론 골목의 으슥함이나 어둠, 벽과 벽, 담과 담 사이의 협소한 길이 불러일으키는 단절과 그로부터 비롯한 폭력을 경험한 이라면 부정적일 수도 있다는 걸 외면할 수는 없다. 그러나 추필숙 시인의 그려낸 골목은 '뒷골목'으로 상징되는 것과는 거리가 먼 개념임을 우리는 안다.) 이러한 공동체적 공존의 공간인 골목은 그곳에서 타인과 관계 맺으며 살아가는 이에게 특별한 장소로 자리매김할 수밖에 없다. (그런 점에서 골목은 상상적 층위에서 낭만화된 곳이라기보다는 여전히 우리 주변에서 찾아볼 수 있는 현실적 층위의 삶에 기반하고 있다는 것을 인식할 필요가 있다.)

아우구스티누스는 특별한 인간관계가 주는 친밀함에 장소의 가치가 있다고 했다. 이는 사람들과의 유대가 장소를 만드는 것이라는 의미를 지닌다. 이-푸 투안에 따르면 개방된 공간과는 달리 장소는 개방되어 있지 않은, 인간화된 공간을 말한다. 이를 단순화하면, 모험지로서의 공간과 거주지로서의 장소로 구분할 수 있다. 골목을 처음 방문한 사람에게는 그곳이 낯선 공간이 되지만 그곳에 머물며 타인과 관계를 맺고 정서

적 고리를 형성하게 되면 골목은 마음을 둘 수 있는 장소가 되는 것이다. 그곳에서 우리는 일상적인 삶의 실제를 느낀다. 이때, 실제란 친숙한 일상, 마치 숨 쉬는 것처럼 특별히 드러나지 않지만, 우리의 존재 전체, 모든 감각들을 포괄하며 장소를 친밀함과 평온함의 중심지로 경험할 수 있게 한다. 골목을 떠올리는 우리가 친밀함과 평온함을 느낀다면 그곳은 우리의 삶과 관계 맺었던 기억이 있기 때문이다. 그런 이유로 낯설고 추상적인 도시적 공간과 달리 구체적인 삶과 그 의미로 가득 찬 장소인 골목을 우리는 늘 그리워하는 것인지도 모른다.

그러나 한편으로 골목이 지닌 장소성을 유토피아적 성격으로 규정할 수는 없다. 오히려 푸코가 말한 것과 같이 장소 바깥의 장소인 헤테로토피아라 부를 수도 있겠다. 열림과 닫힘이 공존하며 현실세계에 존재하면서 자기 이외의 모든 장소에 맞서서, 어떤 의미로든 그것들을 지우고 중화시키고 혹은 정화시키기 위해 마련된 장소들로서의 헤테로토피아. 누구든 들어올 수 있고 또 떠날 수 있는 골목은 골목 이외의 장소들에 대해 비판적인 입장을 취할 수 있다. 안과 밖의 경계를 구획함으로써 밖을, 또는 안을 말할 수 있는 장소인 골목을 통해 골목 바깥을 사유하고 그럼으로써 안에만 머물지 않고 바깥으로 향하는 전복의 가능성은 어쩌면 추필숙 시인이 『골목 수집가』를 통해 그려내고자 한 분명한 이미지 너머에 감춰놓은 또 다른 시적 수행의 다른 모습일 수도 있다. 그 과정에서 요구되는 것이 골목의 서사를 수집하여 내면화하는 일련의 행위일 것이다.

골목에 새겨진 무늬

시집 『골목 수집가』의 시적 주체는 좀 더 저렴한 방값을 위해 "골목 안으로 깊숙이 들어"가 방을 구하지만, 주인은 "가로등" 과 "접시꽃"을 "옵션으로 주겠다"고 하며 "삼십삼만" 원인 방값을 깎아주지 않는다. '나'는 "골목 끝 집임을 들먹이며 끝에 붙은 삼만을 떼달라고" 하지만 주인은 "돌아서면 여기가 첫 집"이라고 한다(「어떤 옵션」). 거래의 순간 빛을 발하는 저 전환의 유쾌함이 불편하지 않은 이유는 이곳이 골목이기 때문이다. 가로등과 접시꽃을 옵션으로 여기는 주인의 발화는 자신의 이익을 위해 무리한 요구를 하는 것과는 다르다. 오히려 돈으로 교환할 수 없는 사물의 가치를 알아보고 이를 삶의 조건으로 포용하는 태도에 가깝다. 이는 철거 대상인 노을방앗간 주인이 대문 앞에 서 있는 우체통을 아끼는 마음과 닮았다(「방앗간과 우체통」). 삶은 고단할지언정 이를 불만으로 삼거나 회피하기보다는 '비어 있음'을 돌보는 데로 나아가는 일이야말로 골목의 장소성과 그곳에서 살아가는 존재의 애틋함을 여실히 드러내고 있다.

순호네 막걸리 옆집에
미영이네 꽈배기가 개업했다

문간방을 개조한 그 가게

맨 처음 '미영이네 구두' 간판으로 시작되었다
의상실 미용실 부동산 수선집으로 주인이 바뀔 때마다
가게 간판은
미영이네 의상실 미영이네 미용실 미영이네 부동산
미영이네 수선집이 되었다가
오늘부터는 미영이네 꽈배기

학연이나 지연처럼
간판으로 인연을 이어가는 곳
암 그렇고말고 이건 현재진행형이라
먼저 망해 간 주인들이 손님 되어
알뜰히 살뜰히 꽈배기를 챙기려는 것이다

미영이 없는 미영이네면 어떠랴
기름 튀고 설탕 묻은 꽈배기 냄새가 간판보다 더 간판인걸

이 골목에서 누구 하나라도 잘 돼야 하지 않겠냐며
건물주는 아니어도 한 가게에서 장사했으면 한 식구 아니
냐며
잘 꼬인 꽈배기를 나눠 물었다
손에 든 봉지가 비어간다

바로 직전 수선집 황 사장이 알바라도 시켜달라고 입을 뗀다
골목은 드디어 미래형이다

—「과거형 간판」 전문

"순호네 막걸리", "미영이네 꽈배기"처럼 인명을 간판으로 내거는 행위를 무엇이라 할까. 프랜차이즈 간판이 채운 거리의 풍경과는 전혀 다른 정감을 불러일으키는 '순호네', '미영이네'와 같은 간판을 볼 수 있는 곳은 많지 않다. '순호', '미영이'는 아마도 가겟집 아이들일 테다. 자식의 이름을 내건 만큼 그에 부끄럽지 않게 장사하려는 부모의 마음에 공감하지 않는 이는 없을 것이다. 그러나 최초의 '미영이네'인 '미영이네 구두'는 지속되지 못했다. '미영이네'라는 이름은 이후 들어오는 가게에 의해 삭제되고 배제되는 것이 일반적이겠지만 이 골목에서 '미영이네'는 "의상실 미용실 부동산 수선집"을 거쳐 "미영이네 꽈배기"로 이어진다. 상호의 지속이 관계의 영속성으로 확장되는 것이다. 제목에서 언급된 "과거형"이 아닌 "현재진행형"의 '미영이네'는 "먼저 망해 간 주인들이 손님 되어" "이 골목에서 누구 하나라도 잘 돼야 하지 않겠냐"는 마음을 나누는 장소로 자리매김한다. 자본주의적 상업 공간이 '미영이네'라는 간판 상호를 공유함으로써 친밀한 장소가 되고 그리하여 냉혹한 저 바깥과는 달리 깊은 위안을 얻을 수 있는 곳으로서의 골목은 "현재진행형"뿐만 아니라 "미래형" 장소로서 지속 가능한 삶을 이어나갈 수 있게 된다. 요컨대 '미영이네'를 공유하는 가게들은 생존의 조건이자 부와 권력의 대상인 공간에 의미를 부여하고 감정의 교류를 일으켜 연대가 가능한 장소로 기능하며 그것은 다시 골목의 삶을 돌보는 데로 이어지는 것이다.

이를 뒤집어 말하면, 서로 관계를 맺으며 소통하는 유대감의

근원에 골목이 자리한다고 할 수 있다. "담과 담으로 이어진 골목"은 "내 이야기와 네 이야기"가 "그윽하고 평온"한(「담담 살롱」) 상태로 "겹겹이 스며드는"(「팥시루떡」) 곳이다. 그렇기 때문에 골목에서의 삶은 개별적 단독자로 존재하기보다는 "사이좋게 뽀글뽀글 앉아 구름처럼 가벼워"지거나(「소문났어, 소파」) "바퀴의 아픈 발바닥"조차 "내 것인 것 같"다고(「못」) 여기는 마음으로 충만하다. 누구든 환대하고 포용하는 저 골목의 건강함은 그곳에서 살아가는 이들의 고단한 삶에 공감하며 위무의 손길을 내민다. 나아가 이는 존재에게 아로새겨진 금을 틈이라 부정하지 않는 마음으로 이어진다. 상처라고 할 수밖에 없는 금을 "흉터가 아니라 문신이라" 여기며 "눈물처럼 번지"기만 한 것이 아니라 "벽의 울타리를 훌쩍/뛰어넘고 꽃대처럼 자라"기도 하고 "바닥에 스며들"어 "아주 뿌리를 내리기도"(「금은 어디로 가나」) 하는 것으로 전이시켜 바라본다. 요컨대 금을 위태로운 상태로 치부하여 부정하는 것이 아니라 벽에 생긴 뿌리, "온 마음을 걸고 뿌리 뻗는 중"(「잔뿌리」)이라고 긍정할 수 있게 한다. 골목 바깥의 세계, 저 냉혹한 세계의 요구에 맞춰 빠르고 멀리 나아가야 하는 데에서부터 벗어나 "내게 맞는 그림자"를 찾을 수 있는 "보폭이 짧은 몽당골목"(「몽당골목」)이야말로 우리가 돌아가야 할 존재의 기원이라 할 만하다.

한편으로 골목은 새로운 삶의 바람으로 충만하기도 하다. '구평'이 '신평'으로 변하듯이 혹은 "감포 해물탕을 끓이던 그이"가 "동해 해물탕을 끓"이고 다시 "태평양 해물탕"을 기다리

듯이(「동해 해물탕」), 뿌리를 내린다는 것은 단순히 안주하는 삶이 아니라 다음을 모색하는 삶으로 변화할 수 있는 토대를 마련한다는 것과 동일한 과정을 지닌다. 단순히 "오래 고립을 견"디며 삭거나 낡아가는 것이 아닌 "앞이나 뒤나 그 방향에 대해서 까다롭게" 굴지 않는 "열린 골목"의 가능성을 포함하고 있는 존재의 삶인 것이다(「열린 결말」).

마음을 얹는 일

골목 위에 놓인 삶의 양태가 이러할진대 그 안에서 살아간다는 것은 어떤 의미로 주체에게 각인될 수 있을까. 1부의 시편과는 달리 2부의 시편은 시적 주체를 향한 시인의 자기 응시로 이루어져 있다. 골밀도 검사를 받거나(「배꼽」) 소리 나는 무릎을 감각하는(「무릎 소리」) 것을 넘어 "직진뿐이던 삶에서 우왕좌왕"(「일일천하」)하는 자신을 돌보는 일은 골목을 전유한 시적 주체의 진중한 사유로 인해 가능한 일이 된다. 그러나 그러기 위해서 부딪쳐야 하는 것이 아픔과 상처, 울음과 같은 내면에 도사린 부정성인지도 모른다. 저쪽으로 옮겨갈 수 없는 결박된 존재로서의 자신을 마주하는 일, 그것을 응시하는 일은 고통스러울 수밖에 없다.

가까이 오지 마라
유리주의란

110

도대체 어떤 이념이기에 붉은 가위표까지 그려놓았을까
불순한 생각에 주뼛거리며 뒷걸음질 친다

그러나 늦었다
이미 한발 들여놓고 말았다
유리에 비친 나는
내 몸 어디에 붉게 가위표 해야 할까

(…중략…)

유리 속에 다녀간
수많은 눈동자가 유리주의를 표명하는 동안
투명이든 불투명이든
나는 내 눈을 주의해야 한다

— 「유리주의」 부분

　유리가 있으니 주의하라는 표지를 '-ism'의 '주의'로 상상하
는 시적 주체의 의뭉스러움은 차치하더라도 강제된 금지로부
터 벗어나기는커녕 "내 몸 어디에 붉게 가위표 해야 할까"라며
스스로를 부정하는 행위로의 연결은 어두우면서도 발랄하다.
이와 같은 생각은 어쩌면 "흙 묻은 신발에서/흙 품은 신발이
되는 순간/누구든 어른이 되는"(「이름이 뭐였더라」) 것을 짐작하고
있는 것처럼 상처를 품어 안으려는 주체의 수행을 기묘한 균
형 감각으로 형상화하고 있기 때문인지도 모르겠다. "투명이
든 불투명이든" 주체의 앞을 가로막는 것이 무엇인지 명징하

게 그려내기는 어렵다. 유리가 투과하는 빛이 너머의 세계를 펼쳐 보이는 것처럼 보이지만 기실 그 앞에 선 '나'는 세계와 단절될 따름이다. 이끌려 다가갈 수는 있을지언정 유리를 통과할 수는 없다. 그저 유리 속에 머문 '나'를 바라보며 "붉은 가위표"를 내 몸에 새길 수밖에. 여기에서 굴절이 발생한다. "붉은 가위표"를 내 몸에 새기는 일은 난반사하는 빛이 투과하는 존재의 위기로 전이된다. 구체적으로 어떤 위기인지는 표명되지 않으나 시인의 의도를 유추해보자면 유리 앞에서 유리 속의 '나'를 통해 "자꾸만 비껴가는 마음"의 결을 따라 "옹이"진 존재이며(「싸리비」) "바닥만 보며 살"(「등굽잇길」)아온 '나'의 실체와 마주토록 함으로써 부정된 자신을 응시하고 이를 외면하지 않기를 바라는 데로 이어지는 것은 아닐까 생각하게 된다. 이는 부정을 다시 부정하며 걸음을 내딛도록 하는 의지로 이어진다. "흉터 없이 빗물이 잘 아물기를 바"(「젖은 우산」)라는 치유의 가능성은 자신을 분명히 응시하는 데에서 비롯되는 것이라는 듯이 말이다. 물론 그것이 가능하기 위해서는 고통스러울지라도 끊임없는 자기 응시의 과정을 경유해야 하는 것인지도 모른다.

그 연장에서 주체의 응시는 골목의 결을 맴돈다. 3부의 시편이 그려내는 골목 결의 풍경은 삶과 죽음이 교차하며 교직하는 조화로움으로 시적 주체의 내적 사유를 깊게 한다. "모름지기 골목은/돋보기 없이도/옷에 묻은 밥풀까지 들여다보는 곳"(「우리 동네 F4를 소개합니다」)이라는 골목에 대한 친밀한 정의만

큼이나 골목을 점유한 "F4 할매들"('꽃보다 할매')의 흘러넘치는 삶에의 환대가 그것을 가능케 한다. '할매'들의 몸에 새겨진 골목의 시간은 죽음을 부정하려 들지 않는다. 오히려 삶의 시간을 유쾌하고 천진한 놀이로 여기며 충만하게 보낸다.

> 담벼락에 벽화처럼 기대어
> 햇살에도 농담(濃淡)이 있다고
> 농담(弄談)처럼 누구라도 올 것 같은 날
> 골목에 아무도 없으면 되겠냐고
> 골목 채우러 나와봤다는 할매들
> 발등에 햇살 업고 쪼로니 나와앉은 할매들
>
> ──「햇살 놀이」 부분

> 가끔 햇살 아까운 날은
> 골목에 나가 새끼발가락 맞대고 그림자를 이어 붙이며
> 쪼로니 앉아 있기도 해
>
> ──「우리 동네 F4를 소개합니다」 부분

햇살이 잘 드는 골목에서 할매들은 "담벼락에 벽화처럼 기대어" '햇살 놀이'를 하며 그림자에 '농담'을 담는다. 이때의 농담은 그저 실없는 말이 아니라 짙고도 옅은 삶의 경험으로 전유된다. 짙고 옅은 삶의 과정으로서의 그림자는 그 밀도만큼이나 쉽지 않은 생이었음을 짐작하게 한다. 골목에 "쪼로니 나와앉은 할매들"의 천진함 속에서 그 삶은 고통에 겨운 무엇이 아

닌 그저 한때의 "농담(弄談)"처럼 느껴지기도 한다. 그렇게 이어 붙인 그림자의 무게는 담을 무너뜨릴 법도 한데 오히려 "벽화"가 되어 "민무늬 골목"(「골목 수집가」)을 다채롭게 하는 기제가 된다. 이들에게 '붉은 가위표'는 불필요할 것만 같다. 그러나 붉은 가위표가 지닌 존재 부정의 양태는 할매들에게 죽음에 가닿는 사건이기도 하다는 것을 간과할 수는 없는 노릇이다.

언젠가는 딱 맞았을 "바지도 신발도/조금씩 속을 비워"(「오버핏」)내는 것을 '오버핏'이라고 능칠 수 있는 경지는 어떤 마음일까. 혹은 "세상의 표정이란 표정은 하나도 놓치지 않고 다 가진 얼굴로/맞은편 담에 상영되는 그림자 영화를"(「해피 엔딩」) 보는 마음은 또 어떨까. 이때의 그림자는 그의 표정을 지워낸 것일 텐데도 말이다. 짐작도 할 수 없겠지만, 욕망에 부서지거나 찢겨 폐허가 된 절망은 아닐 것이다. "제풀에 핀 건 아니더라도" "대쪽같이 살다 스스로 속을 비우"는, 그럼으로써 "제대로 멈"출 수 있는 통찰로서의 삶일 수밖에 없을 것이다(「파꽃」). 그렇기에 골목을 떠나는 순간에도 할매들은 장황한 말보다는 "서로의 손등 위에 손등을 얹"으며 "그 위에 마음을 얹어두"는 것으로 석별의 마음을 갈음할 수 있는 것일 테다(「단골 골목」). 이처럼 골목에서의 삶이란 죽음까지도 환대하며 이를 부정하지 않는 마음을 얹는 데까지 이어진다.

골목을 열어 길을 내다

죽음까지 환대하는 장소인 골목의 삶을 경험한 시적 주체에게 '붉은 가위표'는 어울리지 않는다. 그러나 '붉은 가위표'는 유리의 가장된 투명성 혹은 불투명성을 환기하며 주의하기를 요청하는 한편에서 현재의 '나'로 하여금 다음을 추동하게 하는 기표인지도 모른다. 더 나아가 이곳과 저곳의 경계를 긋는 유리 자체를 부정하는 표지일 수도 있다. 마치 골목 끝이 아니라 골목의 시작이라는 발상의 전환처럼. 그러므로 추필숙 시인이 『골목 수집가』를 통해 그려내는 시적 주체는 골목 위와 골목 안, 골목 곁에 머무르지 않는다. "밤 열한 시 오십구 분 같은/골목 안 맨 끝 집"의 "벽 안에서도 벽 밖에서도 온통 벽뿐인 그녀의 벽"(「정지된 화면」)의 기울어짐을 느낀 시적 주체는 자신의 존재를 다시금 재정립한 장소를, 그로부터 그 이외의 장소를 비판적으로 사유하는 골목의 헤테로토피아를 떠난다.

> 나는 바람 앞에서만 꼬리를 흔듭니다
>
> 가끔은 전속력으로 달려가
> 와락 안기기도 합니다
>
> 그러나 바람에 매달리지는 않습니다
>
> — 「나는 바람개비입니다」 전문

4부의 시편은 골목 밖에 있다. 골목 밖에 선 시적 주체는 올레길과 해파랑길을 걷거나 추자도에 가 자신을 돌아보고 가파도와 십리대밭에서 존재의 내면을 삶의 충만으로 채운다. '바람개비'로서의 삶. 자연 현상으로서의 바람을 온몸으로 감각하며 "전속력으로 달려가/와락 안기기도" 하지만 "매달리지는 않"는 '나'는 희망으로서의 '바람'을 담은 채 골목 바깥의 삶을 새롭게 정립해 나간다. "빈틈 많은 게 내 덕목이려니"(「대소쿠리」)하며 불완전한 자신을 긍정하며 "완전한 불덩어리"(「8월, 올레길」)로 길을 낸다. 친밀함과 평온함의 장소인 골목을 떠나 위태롭지만 개방된 공간으로 나아가 취약한 자신을 긍정하고 고착되지 않는 자신을 찾아 모험의 길을 내는 것이다. 우리의 삶은 안정과 모험, 거주와 유랑의 변증법적 과정을 통해 전개된다. 골목에의 정주는 그곳이 아무리 따뜻하다 하여도 연약한 주체가 스스로 설 수 없게 가로막는 벽으로 전화할 위험을 내포한다. 그런 이유로 존재는 장소에서 유대감을 쌓기도 하지만 잠재된 가능성을 표출하기 위해 광활한 공간으로 모험을 떠날 수 있는 것이다.

　골목을 떠나 다른 세계로 나아가는 것 역시 또 다른 삶의 골목을 마련하는 일인지도 모른다. "삶이 어떻게 피어나는지" 알기 위해 씨앗을 "묻고/햇살 옆에 쪼그리고 앉아" "다시 태어"날 필요가 있다(「씨앗」). 길을 열어 새로운 골목을 맞이하는, 마중하는 일을 수행해야 한다. "하늘 한 페이지가 넘어가"기 위해서는 "삶은 언제나 끝에서 시작"(「늘 꽃」)한다는 말처럼 골목 끝을 골목의 시작으로 전유할 수 있어야 한다. 골목에의 정주(定住)가 골목에의 안주(安住)가 되지 않도록, 존재의 내밀함이 꽃 피어나도록 "엎어지고 포개지고 다시 물러나고 흩어"(「11월, 해파랑길」)짐의 세계로 나아갈 필요가 있는 것이다. 그렇게 열린 장 속에서 어떤 골목이 새로 마련될지 알 수 없기에 그것은 두려운 일이다. 그러나 이미 골목을 경험해본 존재라면 흔들림 없이 자신을 바로 세울 수 있을 것이라고 추필숙 시인의 시는 말하고 있다.

李秉國 | 시인, 문학평론가